LA COLONIE

DE

METTRAY

PAR

Mme LOUISE COLET

POEME
COURONNÉ PAR L'ACADÉMIE FRANÇAISE

Dans sa séance du 19 août 1852.

PARIS
LIBRAIRIE NOUVELLE
BOULEVARD DES ITALIENS, 15, EN FACE DE LA MAISON DORÉE.
—
1852

LA

COLONIE DE METTRAY

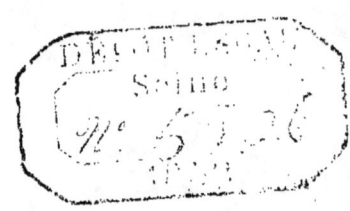

ye

18784

IMPRIMERIE SIMON RAÇON ET CIE, RUE D'ERFURTH, 1.

LA COLONIE

DE

METTRAY

PAR

Mme LOUISE COLET

POËME

COURONNÉ PAR L'ACADÉMIE FRANÇAISE

Dans sa séance du 19 août 1852.

PARIS

LIBRAIRIE NOUVELLE

BOULEVARD DES ITALIENS, 15, EN FACE DE LA MAISON DORÉE.

—

1852

ENVOI.

A MON COUSIN, M. LE BARON DE MEYRONNET-SAINT-MARC,

CONSEILLER A LA COUR DE CASSATION.

Me parlant de ma mère, un jour vous m'avez dit :
« Heureuse elle serait lorsqu'on vous applaudit ! »
Puis vous me répétiez qu'elle était tendre et bonne ;
Et j'enviais pour moi sa secrète couronne :

Vertu, douceur, amour, éclat qui fut le sien,

Brillant mieux à son front qu'un peu de gloire au mien.

A vous du même sang, à vous qu'aima ma mère,

Sans orgueil j'offre ici ma couronne éphémère,

Lui préférant ce mot qu'un jour vous m'avez dit :

« Heureuse elle serait lorsqu'on vous applaudit. »

LA COLONIE DE METTRAY.

POEME COURONNÉ PAR L'ACADÉMIE FRANÇAISE.

> Dieu fait part au pécheur de sa grâce infinie.
>
> . . . .
>
> Ce Dieu touche les cœurs ! . . .
>
> (CORNEILLE, *Polyeucte.*)

I

Comme la lèvre ardente aspire à l'onde pure,
L'œil au rayon du jour après la nuit obscure,
L'odorat au parfum et l'oreille au doux bruit,
Et tous les sens de l'homme à ce qui les séduit ;
Oh ! d'où vient qu'aussitôt que notre âme est frappée
D'une sublime idée au génie échappée,
Nous ne tendons pas tous avec ravissement
Vers ce pôle divin dont nos cœurs sont l'aimant ?

Au lieu d'être en un jour à l'envi fécondée,
Des siècles passeront sans mûrir cette idée,
Car tout germe sorti de la divinité
Souffre en toi pour éclore, ô faible humanité !

Fleuve éternel qui désaltère,
Le Christ apporta sur la terre
La loi d'amour et de pardon,
Et l'ancien monde à l'agonie
Fut vaincu dans sa tyrannie
Sous la figure du démon.

Mais, comme le tronc du reptile
Résiste au bras qui le mutile
Et survit même dans la mort,
Vieux levain de la race humaine,
La loi de vengeance et de haine
Survécut au Dieu du Thabor.

Malgré l'immortel sacrifice,
Longtemps la rigueur du supplice
Sur le coupable s'imprima,
Et l'Agneau de mansuétude
Vit sécher sur un sol trop rude
Le grain méconnu qu'il sema.

Mais l'âge est arrivé de recueillir féconde
Cette moisson d'un Dieu qui racheta le monde.
Que l'Évangile règne, et qu'il pénètre en nous ;

Ayons de ces grands cœurs où bat le cœur de tous ;
Et de l'humanité poussant sa plainte immense,
Déplorons chaque erreur, plaignons chaque souffrance.
Du coupable abattu ne marquons pas le front :
L'âme s'ouvre au remords et se ferme à l'affront.
Que le châtiment même, alors qu'il le réprime,
Pour le purifier laisse l'espoir au crime.
Dans les bras que le Christ sur la terre étendit
Tous furent appelés, pas un ne fut maudit.

II

O touchants bienfaiteurs, De Metz et Brétignères,
Vous que la charité par l'âme a rendus frères,
Insoucieux de gloire et d'applaudissements,
Vous avez confondu vos secrets dévouements.
Comme le bon Pasteur, qui portait sur l'épaule
La brebis égarée, ou saint Vincent de Paule
Chargeant ses mains des fers d'un forçat racheté,
Et recueillant l'enfant sur la pierre jeté,
Vous allez arracher au vice héréditaire
De jeunes malheureux, fruits d'un sang adultère,
Conçus dans l'abandon, grandis dans les douleurs,
En haillons, affamés, mendiants et voleurs,
Flétris avant d'avoir compris qu'ils ont une âme,
Privés de mère ou fils de quelque mère infâme,
Corps grossiers enchaînés aux appétits charnels,
Esprits déshérités de désirs éternels.

Mais où survit divine, et dans la honte même,
L'étincelle qui brille aussitôt qu'on les aime !

Le monde repoussait leur opprobre... Mais vous,
Vous leur avez crié : « Venez, venez à nous ! »

III

Barbare antiquité, garde tes faux grands hommes !
Leur gloire pèserait sur le siècle où nous sommes ;
Fille de l'égoïsme et de la cruauté,
Trop d'impures vapeurs ternissaient sa beauté !
Les âpres passions des choses de la terre
Des plus nobles héros souillaient le caractère :
Mépris d'autrui, pleurs, sang, répandus pour eux seuls,
Pourpre qu'ils se taillaient dans de rouges linceuls,
Sceptres que façonnait la guerre ou l'esclavage ;
Non, non, vous n'êtes plus la gloire de notre âge :
Dieu même, en balayant votre sombre-splendeur,
Nous en a découvert le vide et la laideur.
Dans le monde chrétien une autre âme palpite,
Vers des courants plus purs elle se précipite ;
De la mansuétude embrassant l'idéal,
Elle sent que le mal ne dompte pas le mal ;
Mais qu'imposer le frein des vertus qu'on pratique,
C'est rayonner en toi, conscience publique ;
C'est le soumettre mieux que ces rudes vainqueurs
Qui courbèrent les fronts sans atteindre les cœurs.

IV

Où vont-ils, où vont-ils à travers la Touraine,
Ces jeunes prisonniers qu'aucun lien n'enchaîne?
Ils courent étonnés sous les ombrages verts,
Des lèpres des cités ils arrivent couverts,
Mais le contact heureux et sain de la nature
Fond l'endurcissement, lave la flétrissure,
Leur sang est apaisé, leur cœur s'épanouit,
Ils revivent... un jour nouveau les éblouit.

Regardez ce naissant village,
Au sommet d'un tertre, où s'étage
La vigne au-dessus des moissons.
Déjà s'arrondit en enceinte.
Autour de la chapelle sainte,
Un réseau de blanches maisons!

Sitôt que la nuit se replie,
Quand l'aube avec mélancolie
Verse sa première lueur;
Quand la terre, qui se réveille,
Calme, reprend, comme la veille,
Sa tâche d'éternel labeur;

De Mettray la cloche résonne,
Et l'immense ruche bourdonne
Aux accents de l'airain bénit;

L'appel vole de bouche en bouche,
Les enfants sortent de leur couche,
Les oiseaux sortent de leur nid.

La prière qui les rassemble,
Les chants qu'ils entonnent ensemble,
Relèvent leur cœur courageux;
Puis, empressés, riants, agiles,
Ils volent aux travaux utiles
Comme ils voleraient à des jeux.

Berçant leur jeunesse captive
Aux parfums, aux bruits de la rive,
Aux flots calmes ou soulevés,
Au jour qui meurt ou recommence,
Du monde ils sentent l'ordonnance,
Ils sont émus, ils sont sauvés!

Par delà la plage écumante,
Par delà la nature aimante,
Qui leur prodigue ses beautés,
Par delà les plis de la nue,
Ils voient une main inconnue,
Dieu leur parle, ils sont rachetés !

Il leur parle par l'harmonie
Qui marque son œuvre infinie
Dans l'ensemble et dans le détail,
Par la tâche échue à tout être,

Par les grands préceptes du Maître,
Par le devoir, par le travail.

Travail ! fidèle ami de l'homme, joie austère,
Que Dieu place à côté des douleurs de la terre ;
Mâle consolateur, dont le double pouvoir
Sait arracher au crime une âme qui s'égare.
Ou verse au cœur brisé le baume qui répare
  Sa détresse et son désespoir.

Lorsque des passions vers nous la vapeur monte,
Que deux spectres cruels, la misère et la honte,
Nous poussent chancelants vers un mirage impur,
De notre âme évoquant la native noblesse,
Qui donc par sa fierté soutient notre faiblesse ?
  C'est toi, guide sévère et sûr !

A la vierge qui place en toi son espérance,
Tu promets un amour chaste pour récompense ;
A l'artiste, au penseur, tu montres l'idéal ;
Au pauvre courageux tu donnes le bien-être,
Tu rends l'indépendance à ceux qui t'ont pour maître,
  Au coupable le sens moral !

Par toi, tout ici-bas se féconde et s'élève !
Par toi, la terre et l'âme enrichissent leur séve ;
Toutes deux, ô travail ! te doivent leurs trésors :
La terre a ses vergers, ses blés, ses vignes mûres,

L'âme a ses dévouements, sa foi, ses grandeurs pures,
    Beaux fruits qui sans toi seraient morts.

C'est à toi, pour orner nos places et nos rues,
Que le peuple devrait élever des statues;
Ah ! ce ne serait point un symbole imposteur!...
Soutien du faible, amour du fort, rachat du crime,
Des générations enseignement sublime,
    Travail, éternel bienfaiteur !

V

Radieuses, voyez passer ces jeunes têtes,
Ces regards bons et francs, reflets de cœurs honnêtes,
Tous ces libres captifs, qu'un mot règle et conduit,
Soumis sans châtiment, laborieux sans bruit;
Le travail prend pour eux les traits de l'espérance,
C'est la juste rançon, la sainte délivrance,
C'est la sérénité qui mène à la vertu
Et retrempe le cœur lorsqu'il a combattu.
Leurs labeurs sont réglés suivant la force et l'âge :
Les uns des lourds charrois gourmandent l'attelage ;
Les autres, doux pasteurs, guident de longs troupeaux ;
Tous s'empressent, voyez ! de la plaine aux coteaux,
Labour, engrais, semaille, en bande les divisent;
Là-bas la sape éclate, ici les rocs se brisent,
Au loin le fer s'embrase, et, comme des démons,
Dans l'antre rouge et noir passent les forgerons ;
La scie et le rabot grincent près de l'enclume,
Les bois, les moellons, se fendent, la chaux fume;

A ces bruits du dehors répondent au dedans
La rauque mécanique et les métiers stridents;
Partout la noble ardeur d'une tâche suivie,
Partout l'activité, le mouvement, la vie,
Partout de gais refrains en échos déroulés,
Comme les chants joyeux des moineaux dans les blés.

VI

Du devoir accompli goûtant la sainte joie,
Ouverte au sentiment, leur âme se déploie;
   Elle embrasse un autre horizon !
Des instincts d'infini se réveillent en elle,
Sous les liens du corps elle agite son aile,
   Des voix chantent dans sa prison !

C'est la religion ! c'est l'amour de la France !...
Leurs tendres bienfaiteurs au pain de l'existence
   Ont mêlé le pain des esprits :
Deux livres sont offerts à leurs jeunes mémoires,
L'Évangile divin, le récit de nos gloires,
   L'amour du ciel et du pays !

L'amitié les unit et complète leur être ;
Renonçant aux noms froids et d'élève et de maître,
   Ils échangent, présage heureux !
Les noms de père, frère et fils. — C'est la famille.
La famille perdue ! Oh ! doux phare qui brille !...
   La famille renaît pour eux,

Puis à l'humanité la famille les lie.
Écoutez ! c'est la nuit : — leur tâche est accomplie,
    L'espoir sourit dans leur repos :
Quel péril tout à coup vient frapper à leur porte ?
Qui donc entraîne au loin cette jeune cohorte
    Dont les cris troublent les échos ?

    Entendez-vous gronder les flots ?
    Entendez-vous les matelots ?
    Entendez-vous pleurs et sanglots ?
    Entendez-vous ?... La Loire monte !
    Lente au regard, rapide au pas,
    Elle avance, sinistre et prompte,
    Rien ne l'arrête et ne la dompte,
    Fuyez, ne la défiez pas !

    Entendez-vous ce bruit sauvage
    Qui siffle le long du rivage,
    Rampe de village en village,
    Liquide et sonore serpent,
    Dont chaque anneau qui se déroule,
    Vague immense, implacable houle,
    Sur les hauteurs où fuit la foule
    Comme un océan se répand ?

    Entendez-vous ces voix de femmes,
    Ces plaintes à travers les lames,
    Funèbres déchirements d'âmes
    Qu'étouffent les flots triomphants ?

Entendez-vous passer, plus sombre
Que le gémissement d'une ombre,
L'adieu de ce vieillard qui sombre?
Entendez-vous ces cris d'enfants?

Qui donc fouille les eaux pour sauver les victimes?
Ce sont eux! ce sont eux!... luttant d'efforts sublimes,
Vingt fois sous leurs fardeaux ils s'élancent au bord...
L'héroïsme vainqueur fait reculer la mort!

Relevez-vous enfin, âmes humiliées,
Ce jour anéantit vos fautes oubliées,
C'est l'épreuve dernière : — hommes régénérés,
Vous êtes à l'honneur remontés par degrés.

VII

Quand l'été, visitant ces terres ravagées,
Nous les rendra de pampre et de moissons chargées,
Revenez! sur ces bords de vous bénir jaloux,
Les seuils hospitaliers seront ouverts pour vous;
Franchissez en amis la cour de la chaumière,
Où la treille aux jours chauds tempère la lumière;
Approchez sans rougir, saluez du regard
Quelque tableau riant groupé par le hasard :
Ces femmes, jeune mère ou jeune fiancée,
Ne sont plus un sarcasme à votre âme blessée.
Espérez, espérez! vous fûtes généreux!
Dieu vous a pardonné, vous pouvez être heureux.

VIII

Loi du pardon ! partout ton esprit se révèle,
Tu promets de régner sur une ère nouvelle ;
D'un pôle à l'autre, on sent tant d'orages gronder,
Que la terre t'invoque et voudrait te fonder,
Loi divine !... Attendris tout cœur qui te renie !
La force expire, l'homme a changé de génie ;
Ne mettons pas de borne au bien dont il s'éprend.
S'il se montre plus doux, c'est qu'il devient plus grand !
La science a soumis le globe à son empire.
Des champs de l'inconnu le voile se déchire,
Les cieux sont parcourus, les éléments domptés,
Pour l'homme, l'univers n'a plus d'obscurités ;
Sentant qu'à son ardeur vont manquer les problèmes,
Ses penchants inquiets s'interrogent eux-mêmes :
Il médite, il compare ; il se recueille, il voit
Que la haine le perd, que le mal le déçoit,
Et, ne s'arrêtant plus dans cette route ouverte,
Un jour il trouvera, suprême découverte,
Une règle immuable aux instincts de son cœur,
Qui prendra Dieu pour base et pour fin le bonheur ;
Plus rien du culte alors des antiques Furies,
Plus de corps torturés et plus d'âmes flétries ;
Les chaînes tomberont sur l'échafaud brisé,
Et le Christ sourira sur le monde apaisé !

FIN.

PARIS. — IMPRIMERIE SIMON RAÇON ET Cⁱᵉ, RUE D'ERFURTH, 1.

www.ingramcontent.com/pod-product-compliance
Lightning Source LLC
Chambersburg PA
CBHW070804200626
46811CB00023B/1696